がんのある日々

田中里恵子 著

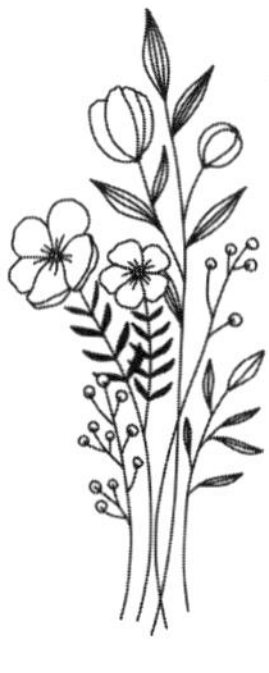

がんになる　それは一人ひとりの物語
大切な時間についてのものがたり

はじめに

左下顎の骨のがんがわかったのは、2018年5月の連休明け、新緑と日差しが美しい日でした。私は急性期病院の医療ソーシャルワーカーとして20年以上働いてきていて、がんの患者さんの支援もしていました。それでも、まずは「死んでしまうのかな」と不安になったのと「どうしよう、これから」が最初に思ったことです。死ぬかもしれないということと、これからどうしたら良いかわからない心細さの中にいました。

まず、がんに詳しい友人のソーシャルワーカーに相談をして、認定NPO法人キャンサーネットジャパン(https://www.cancernet.jp/ がんと診断された方や、そのご家族が病気を正しく理解したうえで治療に臨めるよう、科学的根拠に基づくがん情報を広く発信する目的で1991年設立)を教えてもらいました。そこから「頭頸部がん患者と家族の会 Nicotto(ニコット)」の当時の副会長である濵田　勲さんを紹介していただき、症例数の多い病院を教えてもらいました。頭頸部がんの先輩である濵田さんとの出会いにより助けられたことが、そのあともたくさんあります。治療する病院を選んで決めたのは診断から約3週間後。その間に動揺していたのもあってか自宅で転倒して左手首を骨折し、勤務していた病院で手術を受けるという事も起きていました。

治療病院となったのは「公益財団法人がん研究会　有明病院（以下、がん研有明病院）」。ここで心から信頼できる主治医の先生、頭頸科の佐々木 徹先生と出会えたことは、思いも寄らない位幸運なことでした。診断や方針に迷いがなく、説明が丁寧でコミュニケーションを非常によく取って下さる先生で、不安になることなく安心して治療を受けることができました。

私の診断名は「左下顎骨中心性がん」ステージⅣa。がんがかなり大きくなっていてサイズが大きいため、ステージが高くなったようです。主治医の先生からは「まだ治せるかもしれない」と言っていただきました。治療の内容は、がんのある左下顎骨の切除（歯と歯肉も一緒に切除します）、転移の予防で左の頸部郭清（首のリンパ節等の切除）、口腔内の手術をすると気管が腫れるということで気管切開。口腔内の切除した部分の再建手術。自分の左足の腓骨と皮膚と血管を取って口腔内に移植、足のその部分にはお腹からの皮膚の移植をしました。

最初に手術の説明を受けたときには、そんなにも大きな手術を受けるということの非現実感がありました。がんが日々顎の骨を侵食しているので、早く手術しないと顎の病的骨折になる恐れも指摘されました。手術も怖いけれど、早く手術をしないと、かろうじて骨がつながっている状態の顎骨が折れてしまうかもしれないということも心配、そんな状態でした。

たくさんの検査をして、がんの入院・治療のスケジュールが立った頃、両親と姉という私の家族はみんなそれぞれ入院中でした。入院・手術するにあたってのキーパーソンが不在でした。がん研有明病院は友人がキーパーソンとなることを認めてくれたので、友人のソーシャルワーカー3人がキーパーソンとなってくれました。たくさんたくさん支えてもらいました。深く感謝しています。

手術についての説明を受けて、これからも生きていくためには手術をする以外には選択の余地のないことを理解しました。検査をいくつかした後に主治医から説明を受けて帰る夕方、生きるためにあきらめていくことがあるのを受け入れました。そのときに「生きるためあきらめていくことあることを受け入れ6月の風は清けし」という短歌のようなものが浮かびました。

子どものころから本が好きで活字を読むのが好きなのが発展し、中学になってからは詩や短歌が好きになり自分でも見様見真似で作っていました。それからずっと心に強く残ったことを短歌（57577という文字数におさめないものも多いので、のようなもの、になってしまいますが）に残してきていました。

短歌にしてみると、自分の心が収まるところを見つけて落ち着くことができました。自分の今の感情が対象化されたような感じです。そこから、がんの闘病中の心の動きや出来事を日記のように短歌に残すようになりました。

がんが骨を侵食していく強い痛みの中、自分が入院中に高齢の両親が行き場をなくさないように自分の入院前に療養病院に転院できるように手配をしたり、仕事の引継ぎをしたりと入院まで忙しい毎日でした。がんになると決めなければならないことがいきなりたくさん出てきます。精神的に動揺している中で、判断し決断していくのは大変でした。

がん研有明で過ごした猛暑の中の一か月は、何だか不思議な時間です。治療のことが一番でその他のことは遠くの風景のようで。現実の問題には今は取りあえず向かい合わなくても良い、ともかく自分の身体を一番に考えることのできる時間。

通院、入院中、退院後の生活の中、ノートに記録しながら単語や短歌になる前の言葉たちを書き綴っていました。それらを退院後まとめ、また復職後はその復職後の毎日の、むしろ治療より大変だった毎日のことを歌にして何とか自分を支えていました。自分の言葉に自分で支えられていたのです。

もくじ

告知

（2018年5月）

ゴールデンウィーク　顎の痛みに耐えかねて
勤務先で持つ　ロキソニン　のむ

＊ロキソニン…強めの鎮痛剤

光り輝く空と風　大学病院中庭の新緑美し
なんで私　こんな日にがんの告知なんか受けてる？

それってがんっていうことですか？　思いもよらず問い返す
頭の中では　そうだったんだと理解をしつつ

告　知

実感の伴わないでいる私に　一生懸命　大変なことですよと説明す
口腔外科のシニアレジデント

しんとした口腔外科の外来で　細胞診の結果です　クラスVと
告げながら　私の表情を見る先生

紹介状　患者さんはとてもしっかりした方ですと
書きましたよと言う先生　ほんとはそうでもないんだけれど

＊シニアレジデント…後期臨床研修医

＊クラスV…腫瘍が悪性か良性かを判断する指標でクラスVはがん細胞が認められるもの

告知後に　がんに詳しいソーシャルワーカーに　メールする
どうしたらよいか相談にのってほしいと　茫然と書く

＊ソーシャルワーカー…医療・介護・福祉・教育など様々な領域で人を支援する職業の者

ソーシャルワーカー同期の中で　一番最初に死ぬ人に　なっちゃうのかなと
バスに揺られる

うっかりと砂肝食べて　顎から耳まで激痛に　先生は言う
骨ががんで溶けて無いから仕方ないです

告　知

姉のメール　難病わかり入院す、と
キーパーソンが不在のわたし

死んじゃうかもしれないよっていう私　残念だけど仕方がないって返す　君
私には仕方なくないよと　言い返す今

現実主義者の君なれば　容貌の変わることにはまったく動じず
顔が変わってもこの人は気にしないなと安心す

❖頭頸部がんとは

頭頸部がんとは、頭部頸部にできる悪性腫瘍の総称です。鎖骨より上、目より下の部分にできるがんで、口腔がん、舌がん、咽頭がん、鼻腔がんなどがあります。希少がんの集合体ともいわれ、がんの発生部位と組織系が多様で幅広いがん種があります。

標準治療は手術・放射線・化学療法で、とれるものは手術でとります。切除して欠損部分が多いとその部分の再建手術をすることがあります。たくさん切除すると治療成績は良くなりますが、患者自身のQOL（生活の質）は下がります。

頭頸部には話すこと、食べることなど毎日使っている重要な器官が集まっています。そして見た目の容貌にもかかわる顔周りのがんでもあります。

◆参考資料

◎「頭頸部の希少がん～総論～」
希少がんM eet　the　Expert　第40回
2019年3月15日開催
国立がん研究センター中央病院／希少がんセンター　頭頸部外科
吉本世一先生の講演

◎「もっと知ってほしい頭頸部がんのこと」
認定NPO法人キャンサーネットジャパン
「もっと知ってほしい」シリーズ　冊子2015年版
神戸大学大学院医学研究科　耳鼻咽喉科頭頸部外科学分野教授
丹生健一先生　監修

がん研有明

１Ｆの受付　ロビーに人はあふれる　これ全てがんにかかわりある人か
がん研有明病院なり

がんがきた　それは誰のせいでもないのだから
自らの運命と折り合っていく

怖くて不安で緊張している
がん研有明　初診の日

がん研有明

がんと一緒にあご取るの？　足の骨から移植する？
とても自分のこととは思えず

衝撃に戸惑う私に　外来の看護師やさし
情報は入れ過ぎない方がいいからと

こわい怖い思わず話すわたくしに　情報抑制してくれた
看護師の気遣いありて

自分の事と思えないなら　他人事だって思えば良いよ
でも早く手術した方が良い　友の言葉に支えられる

顎の骨　取るから顔も　変わるかも
若い娘じゃないからねって　職場で話す

がん研有明ワンダーランド
命名してみて　検査に通う　週に数回

ケンサ　ケンサ　ケンサ　ケンサ　これ以上
ほかにがんが見つかったらどうするの　不安だけども　やらねばならん

内視鏡　セデーション　かけてもらって
目覚めたら　酸素ついてた　つらかった

＊セデーション…鎮静剤を投与すること

左手首骨折オペの　術後故　起居動作困難在りて　起きられもせず
（２０１８年５月左手首骨折）

呼び出しの　ＰＨＳに導かれ
検査　外来　診察室を　泳いでく

もしこのまま治療しないでいたらどうなりますか？
顎の病的骨折で痛くて食べるどころではなくなると

生きるため　あきらめていくことあることを　受け入れ
６月の風は　清《さや》けし　（六月を綺麗な風の吹くことよ　正岡子規）

＊ＰＨＳ…無線による携帯電話端末

がん研有明

食べることたとえ難しくなったって
私には　風も光も音楽もある

ICの後で　もう焼き肉は食べられないと
寂しくなって　乗るゆりかもめ

ICのたびに休んで一緒に聞いてくれる　友がいて
怖くて不安な時間を共にしてくれる

＊IC《アイシー》（インフォームド　コンセント）…医師から患者に病状等を説明し同意を得ること

不安ばかりが身体に満ちる　手術の説明を待つ時間
かたわらの友との他愛ないおしゃべりに救われる

オペ前の説明二回　丁寧に話してくれた
主治医ゆえ　信頼し命を預けていこう

「もしがんが顎にとどまっているならば
とってきれいにして　先に進みましょう」

先生の言葉に　がんのあとにも生活はある、と
先に進もうと希望を見い出す

人生は冒険であると繰り返し
病という名の　冒険に行く

わたしたち　相談室のモットーは　勇気とユーモア　いつだって
患者になっても　そうだから

がん研有明

＊相談室…勤務していた病院の医療福祉相談室のこと。
２０１０年頃のモットーが「勇気とユーモア」

あたたかく　励ましてくれる　メールあり
言葉言葉を抱きしめて　進む

嵐の中　灯台みたいな　がんの先輩
遠く遥かな光を目指す

状況の厳しい中で　その中の良いことを常に教えてくれる
先輩のメール　ありがたし

がん研有明

緊張している外来で読む　がんの先輩のメール達
一人ではないことに励まされ

先輩の生きる姿勢に　勇気得る
リフレーミングしてくれる　言葉の力

＊リフレーミング…物事や状況の枠組みを変えて
別の視点をもてるようにすること

意を決し　友人たちに発信す
がん研有明　入院するから

ともかくもきちんと治して戻ってきなさい
院長先生の　表情優し

がんになり休職しますと告げた時
ステージはいくつ？ と即座に聞く人　血内の医師
＊ステージ…がんの進行の程度を知るための指標（病期）。０期からⅣ期に分かれる
＊血内…血液内科の略称

ステージはフォーだそうです　告げながら
実感伴わないでいる　わたくしがいて
＊ステージⅣ…がんが広がっている状態（進行がん）

課長が戻ってくるまでは　辞めないでいるから　待っているからと
師長に言われ共に佇む

＊師長…病棟の看護職の責任者

病気になって休職するから、と担当変更　患者さんに告げに行く
仲間だねって言って貰って病室を出る

自らの　入院前に　あわただしく
父の転院　母の入院継続手続き

ケアマネと　包括の責任者などと　話し合い
私の入院中の　親の体制整える

家族不在のわたくしに　お友達もいるけど
私たち看護師も支えるからって　入院オリエンテーションで

＊ケアマネ…ケアマネージャー
＊包括…地域包括支援センターのこと

入院　手術　ICU

2018年7月15日入院、17日に手術をしました。9時手術室入室でしたが、戻りは18時ごろだったようです。その後5日間ICUで寝たきりで過ごしました。気管切開をしていて話すことができず、文字を書いてコミュニケーションをとっていました。

ちょっとだけ寄りかからせてと　肩借りて
さあ、明日から入院準備

わたくしは　客体となる　主体ではなく
覚悟を決めてもつ入院カバン

オペの翌日　歯科の予約の有るを見て
オペで終わりじゃなかったと　目を開く

ここよりは先の出来事わからない
オペ室へ向かう　廊下を渡る

家族ではない友人たちが　家族よりも近くにいてくれて
オペ終わり待つ　猛暑の夕方

オペ後のＩＣ　聞きし三人の友人たち
みなしなやかな　ソーシャルワーカー

オペ終わり　何とか開けた目の前に
友人たちの心配そうな笑顔あり

取り去りし　患部もきちんと見たからね、
笑顔で語る　ＭＳＷ　友人たち

＊ＭＳＷ…医療ソーシャルワーカーの略称。
医療領域で働くソーシャルワーカーのこと

真夜中の看護師たちのささやきで　何かが問題ありと知る
再手術だと　告げられるけど　頷くことしかできないわたし

入院　手術　ＩＣＵ

移植した血管に血栓が、と　真夜中に主治医が電話で呼ばれてる
その様子をＩＣＵで聞きながら待つ

＊ＩＣＵ…集中治療室

自分が手術されるのを　この耳で聞いてるなんて
想像だにせず　びっくりだよね

全麻から覚めたばかりの再手術
局所麻酔で聞く　オペの物音

＊全麻…全身麻酔

再手術　考えているのはただ二つ
早く終われといつかは終わると

再手術　顎に先生の指の圧　感じ取れつつ
時は過ぎ行く　ゆっくりと

ここを縫ったら終わりますから　優しい声の主治医が話す
今は朝の七時半かな

再オペ後　全く眠れなくなって
この人全然眠りませんと申し送らる

ＩＣＵ入院中にもし　他の家族が急変したら　どうしよう
それが一番不安な　身動きできない患者のわたし

ＩＣＵ看護師たちの手際よさ
安心しては身をゆだねてく

日常の安楽にケアはすごく大事だと知る
圧逃したり　体交してくれたりが

＊圧逃し…除圧、褥瘡予防で行われる
＊体交（たいこう）…自分で寝返りを打てない人の体位を人の手で動かすこと

気切して声を出せない私には　ナースコールのボタンが頼り
夜は明け行く

＊気切（きせつ）…気管切開のことで肺に空気を送ったり、痰を吸引しやすくするために気管を切開し、気管孔（きかんこう）という孔を造設すること

目覚めても　首を身体を動かせない　今は何時か　知り様もなく
夜明けはいつかと　耳を澄ませる

入院　手術　ＩＣＵ

ヒベンチェック　二時間おきの緊張感
ちょっとこちらが色が悪い　こちらが遅いと言う声に　耳澄ます

＊ヒベン（皮弁）チェック…皮弁とは血流のある皮膚・皮下組織や深部組織のことで、皮弁チェックは移植した皮弁がきちんと血流があるかを手術後頻回にチェックすること

ドレーン類　身体から出て　起きると重い
血の色が見えて　ああそうかって考える

＊ドレーン…医療用材料の一つで体内にとどまる体液などを排出するための管

私でも　衝動的に　ルート類すべて抜き去りたくなることもあり
理性でとどめる

＊ルート類…点滴の管など

夕方に友あり　顔見る安心感
外は猛暑のニュースたずさえ

カレンダーに書き込まれている　面会シフト
忙しい仕事を縫って　有明に通ってくれる　頼もしき友

ＩＣＵ　テレビに救われ　時間すぎる
リモコンスイッチ　操作していく

もうガマンできない、辞めますと　ＩＣＵの私にラインあり
今、言わなくってもいいんじゃない？

気切チューブ　10フレンチから　８フレへ
息苦しいのは気のせいだよね

＊気切チューブ…気管切開部分に挿入されているチューブのこと
＊10フレンチ…管の太さ　数が大きいほど太くなる

6西病棟

入院中一番長い時間をこの病棟で過ごしました。主に頭頸科の患者さんたちが治療を受ける病棟です。毎朝、その日の処置を受けるために患者さんたちが廊下に並んで順番を待っていました。検査と治療とリハビリテーションで日々は過ぎていきました。身体の状況が日々楽になる方向に変わっていくのが嬉しかったです。

人生は何があるのかわからないもの
自分の身体になにがあるのか、もわからないもの

人間の身体は海のようなもの、わからないものですと
以前聞いたホスピス医の話　自らの身体の海に思いはせ
＊ホスピス…終末期の患者を受け入れる医療

「にもかかわらず、笑う」のの中にユーモアあり
おかしみあれば　笑っていこう

脳は理解したがっている　そんな夢見る
一般病棟へ戻った夜に

看護師のケアの一つ一つに助けられ
療養生活の時間を歩む

闘病とは　時間に耐えていくことと
ベッドに寝ながら空を見ている

バルーン入り　トイレに行かずに済むことは
ある意味楽だと　身を起こせずに思い知る夕

＊バルーン入り…ここでは排尿のため尿道に留置する管のこと

バルーンの位置が少しずれたから　尿意がでると自覚して
チューブの位置の変更希望

空腹に経管栄養待ちわびる
不思議不思議な感覚である

＊経管栄養…胃などにチューブを挿入し栄養や水分を入れる方法のこと

ケアにより　楽になってく　身体あり
すごいなと思い　感謝する

がんは全部とれたんですか？　と文字でたずねる
術後7日目　気切あり

ヒベンはもう心配しなくて良いですか？
「1週間経ったからもう大丈夫」と主治医チームの先生より

いつまでも落ちていかない点滴に
12時間以上つながれている

気切あり吸引、経鼻経管栄養
足の植皮の傷までは気にできなくて見てもいない

＊植皮…皮膚の欠損部分に皮膚あるいは皮膚を含む組織を移植すること

カニューレ交換　苦手なわたし
毎日が修行と決めて　処置室へ行く

＊カニューレ…生体に挿入する太めの管のこと

カニューレ交換　咳き込み痰がからんでく
喘鳴苦し　息ができない

がんの痛みと術後の痛み
どちらが大変でしたかと　たずねてくれる　担当ナース

頭頸科　男性患者の多い病棟
どうしてかなと処置順番待つ

＊頭頸科（頭頸部外科）…頭頸部と呼ばれる部位（目の下から鎖骨の上）に発生する病気に対して治療を行う診療科のこと

たくさんの人が気切をしてるから
気切の段階　追って観察

今日からはスピーチカニューレ
やっとやっと　声が出せるし　話が出来る

＊スピーチカニューレ…気管切開をしていながらも、
発声することができる気管カニューレのこと

足のシーネが取れた日は　歩行器で立つ
その夜は痰が絡んで苦しい一夜

＊シーネ…整形外科的外傷に用いられ骨折、脱臼、筋肉・腱や靱
帯の損傷、血管や神経の保護、術後創部の保護で使われるもの

デイルームまでの距離が遠くって
ステーションから引き返す　歩行初日

歩行器で歩いて良いと言われたら　そっと歩いてみる喜び
すぐに疲れて　立ち止まるけど

リハ室で平行棒を4往復
手首の骨折かばいつつ

＊リハ室…リハビリテーション室

術後10日　頸部リハ　飲み込みのリハ　開始され
点滴終了　少し前進

術後２週。鼻からカメラで傷確認す
「安心しました」と私が言えば「僕も安心しました」と先生も

術後２週　オペ側への寝返りが苦労なくできて
安心をして　まどろんでいく

一週間頑張りうがいを続ければ　急に動きが良くなって
こうして身体は変わっていくんだ

面会に　包括の所長来てくれて
父の今後を検討していく

リハPTとの訓練は
身体の状態を通じて会話していくものだと改めて知る

＊リハPT…リハビリテーションの理学療法士。
身体の基本的な機能回復訓練を行う

ＭＳＷとわかってから　会話の中に
リハ中にちょいちょい仕事の話がまざったりして

ＶＦに緊張してる自分が居て
食べられるようになるだろうなあとは思ってる

＊ＶＦ…嚥下《えんげ》造影検査。Ｘ線を当てながら、バリウムなどの飲食物を飲む検査で実際に飲食物が喉を通る状態をレントゲンで確認することで、嚥下の状態などを確認する

初めてのお食事だから　一緒にいるねと　担当ナースがきてくれて
大丈夫だねと　喜んでくれる

本当にとっても嫌いな　カニューレの抜き差し
それでも先生と雑談できる位には慣れて

この数日終日微熱
先生からは大きな手術をしたんですからね　と諭される

大学の友人に　髪乾かすを手伝ってもらい
子供みたいと　ちょっと切ない

病気になり　大学の友らと再び近くなり
がんが近づける距離もあることを知る

久々にＮＧＯの友人たちの来てくれるあり
病院で話すあれこれ　不思議な気持ち　時間を越えて

ＮＧＯで共にいたのは　15年前？
わたしのがんがきっかけでまた集いゆく　思いがけないプレゼントかな

オーストラリアよりメール届く　病気を案じる仲間のメール
前会ったのは　やはり仲間の追悼会

人の死が　残った人をまた結び直すと言う経験を
この何年かしてきたけれど　私の病も同じ効果があるような

導入剤切れたら目覚め
窓際の椅子に座って夜明けを見つめる

＊導入剤…睡眠導入剤

看護師の足音聞いて　巡回の時間とわかり
目をつむる　夜中の三時

点滴がなくなり　経口摂取はまだだから
ちょっと脱水傾向で　元気の出ない今日である

シャワー浴びる　気切の穴に水だけは入れたらダメと念押され
難しいよと首にタオル巻く

皮膚移植
傷跡初めて見てみたら　浸出液が結構出ている

＊侵出液…傷口から染み出た液体

患肢管理は万全に、と
職場の整形ドクターたちやリハの顔など思い浮かべる

＊患肢管理…手術をした手足の管理

入院時骨折の自主トレメニューに入ってた　職場のリハの集合写真
頑張ってくださいって書いてある

真夜中に　担当ナースと目が合って「あ、起きてる」と言われてる
丁度良いから　アイスノン換えてね

ご飯　処置　検査　リハビリ　またすぐご飯　シャワーもあるし
入院生活忙しいなり

経管と経口摂取の併用は
起きてる時間の三分の一が食事中

何もしたくない　そんな日もある
強く元気に前向きに　いられない日もちゃんとある

さて行くか　歩行器押して歩きだす
病棟一周　６００メートル

首のリハ　口唇のリハ　１日３回たゆまずに
けっこう真面目なわたしであるなあ

首のリンパ　ドレナージしてみる　おそるおそる
傷跡の上　指すべらせていく

＊リンパドレナージ…リンパの流れにそって
皮膚をこすりリンパ液の流れを促すこと

植皮した傷の処置から練習で　軟膏塗って　ガーゼ、包帯交換する
ずいぶん大きな傷跡で

院内は繭にくるまれいるようで
窓の向こうの 現実の葛藤

咳き込んで　苦しい時の腹式呼吸
何とか咳を押さえ込んでく

患者として　出来ることが増えていって
ほめられ　励まされ　嬉しくって進んでいける

ドクターにナースにリハに栄養士　たくさんの人に
支えられ　がん研有明の夏はくれゆく

顎にある　締め付け感と付き合っていく
いつかは慣れていけるはずだから

唇から耳までの感覚　鈍い　耳たぶ触れてもよくわからない
食べこぼしあり

お見舞いに来てくれ「辞めちゃうの？」と聞く先生
「辞めませんよ、戻りますよ」と伝えるわたし　血内病棟戻るから

＊血内病棟…血液内科の病棟

6西病棟

本当はビビりのわたし　経鼻抜く？　と先生に聞かれて
明日にしてと　頼んでしまう

誤嚥予防に　ハフィング　真剣に練習するけど
いまいち　うまくいかないなあ

＊ハフィング…自分で痰や異物を出しやすくする身体の使い方のこと

レティナ抜いて　ガーゼとカットバンで押えていく
気管切開閉じるため

＊レティナ…気管カニューレの中で一番短いカニューレ。発声可能

九大病院に難病で入院中の姉と　がん研の病室にいる　私とで
互いの様子のメール　行き交う

歩行器からロフストになり　気切の管抜き
それでも　働ける気は全然しない　8月4日

＊ロフスト…ロフストランド杖　前腕部支持型杖とも呼ばれ、腕に装着して使用する杖

友人たちの面会で　久々に食べる　ストロベリーアイス
美味しくって　嬉しくって

朝顔の鉢を託して　入院し　猛暑の中で
花が咲いたら　メールが届く

朝顔を通じてかわされるメールに
支えられては　微笑んでいる

前の職場のＭＳＷたちが見舞いに来る　楽しくって
にぎやかすぎて　迷惑で嬉しい

夢の中でも思いっきり　私を笑わせてくれる
新都市時代のワーカーたち

椅子や床から立ち上がれなくて
戸惑いながら練習す

床からのたち座りなど練習し　バランス取るのが難しい
今の私

まず両膝をたて　そこから悪い方の足を出す
畳の生活に少し後悔

浴槽の出入りは大丈夫かしらと
リハでたずねて練習す

エスカレーター　足の運びと杖の扱い
動いてるなかで同時にするのはちょっと大変

上体を前に倒して重心移動　それから立ち上がる姿勢
知ってる今までリハの見学で見てた

口唇のリハ　鏡を見ながらしていると
自分の口の歪みがわかる

唇を突き出し　ム　ム　ム　と繰り返す
唇の動きをよくするためのリハ

気切孔　守って髪を洗うべく　前かがみになり腕伸ばす
まだまだ腕が上がらなくって　痛くって

相談室の主任が来てくれ
今の状況　復職の見通しなどの話をしていく

笑顔が変わらなくって良かったね！　と
退院間際に　外来ナースが言ってくれて　思いっ切りの笑顔を返す

軟菜食　出されたものをさらに潰して食べていく
キャベツは潰しきれなくて　きらい

＊軟菜食…舌でつぶせる位柔らかくした食事

ちょっとした不調にすぐに不安になるわたし
しびれ　発熱　腰痛に

気切を縫われて閉じるのが　とてもとても痛いので
仕方ないから職場の難題考えてみる

気切縫われている間　解決策の難しい問題に取り組んでみる
気を紛らわすため

食べられないものを知るのが大事だと
栄養士からの退院指導

自らの咀嚼障害と向き合えば
退院準備も進んでいくか

＊咀嚼障害…食べ物を噛んだり、飲み込むことが困難になること

まず生きていること　気持ちと身体の安定と
優先順位をつけていく

自宅療養

8月14日に自宅退院をしました。一人暮らしのため、退院するとすぐに買い物や食べるものなど日常生活に困りましたが、しばらくの間友人たちが通ってきてくれてサポートしてくれたので、大変助かりました。

もの刻みもの煮て作る　軟菜食
ていねいに過ごす料理の時間

料理が好きで良かったんじゃん
めんどくさい料理の過程につぶやいてみる

カロリーを何で稼ぐか検討す
プリンかココアかヨーグルト　ジャム

自宅療養

まさかまさかこの私がね
やせてしまうと心配する日が来るなんて

お粥ってお腹いっぱい食べたって
たった１００キロカロリーで　何とかならんものかしら

人前で泣かないで来たわたくしに　マギーズ優し
泣いていいいよ、大丈夫だから　と差し出される手

＊マギーズ…がんを経験している人とその家族、友人、医療者など、がんに影響を受けるすべての人への無料の相談の場、自分の力を取り戻す支援を受けられる「マギーズ東京」のこと

マギーズの庭を眺めてヨガをする　がん経験者向け　プログラム
腕上がらないし　身体固いし

マギーズで出会いし方と　お互いのがんについてを話してる
近すぎなくて遠くない心地よい距離

マギーズにて　一人で頑張って来られたんですねと　ねぎらわれ
決して一人ではありませんでした、とすぐに答える私がいる

このがんの期間を通じて　本当に一人だったことはなかった
いつもいつも　支えられてた

常食を食べられないことの不便さが
外食に困り空腹で帰る

術前に思ったよりは　食べられる　だからと言って　おにぎりは無理
おにぎり大好き　寂しいよね

下唇の感覚鈍し　食べこぼしあり
来年くらいには良くなるだろうかね？

退院して　起きるとだるい
またすぐに横になっては　すぐ午後になる

山のような家の本　段ボールにつめて送り出す
寄付へ　トランクルームへと

自宅療養

ベッド入れるために日々を片付けに
寝ていたい身体を起こし　何とか作業

横断歩道　渡り切れるか考えながら
ゆっくり歩いてスーパーに向かう

サンボマスター「輝きだして走ってく」
一日中歌っていたら傷跡が痛む

＊サンボマスター…ロックバンドの名前　退院直後、サンボマスター
の「輝きだして走ってく」の歌にとても励まされて毎日歌っていた

再発しませんように　転移がありませんように
リボンに願いを書いて　がん研有明に残し行く

＊リボンに願い…がん研の外来に行った時に、イベントでリボンに願いを書いていくことができたので、短冊のようにリボンに願いを書いて残した

あたたかな　飲みもの口に運びつつ
こぼしちゃうから　服大丈夫かな？

復職し仕事モードに戻ります　報告したら
患者と両方の立場でいって下さいと　主治医の先生は話してくれる

そうでした　患者とソーシャルワーカーと
両方の立場で仕事をしていかないといけなかった　本当に
がん患者であることが当たり前の環境から
がん患者であることが　まだまだ異質な社会へ戻る

復職

２０１８年10月1日から、もともと働いていた急性期病院に医療ソーシャルワーカーとして復職しました。仕事に戻れたのは嬉しかったのですが、思いもよらない大変な毎日になりました。主治医の先生が、「ソーシャルワーカーとしてだけではなく患者としても働いて下さい」と言って下さったことが毎日の勇気になりました。

どうしたの？　杖　腓骨取ったと話したら
移植したの？　と返す検査科　技師長なり

＊腓骨（ひこつ）…下腿骨の一つで脛骨
（けいこつ）と並行している細い骨

治療できて良かった　言葉も出ていて良かったねと
腎臓内科の医師たちから笑顔

元気そう　術創もきれいと　あたたかく　血内の医師の言葉あり
血内4階　ナースステーション

復　職

戻ってきて良かったと手を握る人
病棟師長

でも本当に良かった　戻って来てくれて
握手しながら　傷確認す　OT主任

相談室　火噴いてましたよと　医事責任者
申し訳ない　苦笑いしつつ頭下げ

＊OT…リハビリテーションの作業療法士。
日常生活の動作訓練を行う

知ってます
入院中も様々に　たくさんライン入っていたから

不在中　相談室の人々は　それぞれ何を抱えていたのか
耳傾ける

リハ室でお帰りなさいと笑顔あり
またよろしくと杖を振る

脳外科の病棟主任が言ってくれる
リンパ取ったら熱が出やすくなるかもねって

唇に麻痺があるかな？　外科の師長が聞いてくる
顔の神経いじったからね、と答えてる

産休明け　戻ってきたらいないんだから！　病棟ナースに言われてる
入院したから仕方ないでしょ

首のリンパ取ったらどうして腕が痛むかな?
動かすしかないと言われてるけど

疲れすぎて　眠れない夜中
2週間以上ぶりに　ゾルピデムのむ

入院中　いったん下した現実の課題
再び　よいしょと持ち上げてよろめく

＊ゾルピデム…睡眠導入剤

復　職

問題の無い時なんてないんだから
少しでも良い方向に　仲間とともに

出勤し　自分の机に座っただけで　はや疲れてる
体力のない　わたくしがいて

疲れると　リンパをとったあたりが腫れる
首の傷跡も痛くって　のむトラマール

＊トラマール…強い鎮痛剤

ぎこちなく　ゆっくり階段降りていて　整形ドクターのぼってきて
「無理しないように」とすれ違ってく

一歩一歩階段降りていく時に　院長が隣で　共に降りてくれ
訓練が大事だぞって　手を振っていく

「久しぶり、やせたね」って消内ドクター「経管栄養2週間　気切もしたし」、
と答えてる　消内カンファの始まりの時間

＊消内カンファ…消化器内科カンファレンス。病院において医師、看護師、リハスタッフ、MSW、薬剤師などが患者の治療方針についての確認や情報の共有などを行う会議のこと

戻りましたと報告したら　がんばりましたね、
気切は予定だったんですか？　と脳外科部長は聞いてくる

杖、どうしたんですか？　と7Bナース
腓骨取ったの　入院してたの　と説明す

外見が変わってしまって　驚きました　もう大丈夫ですか？
ためらいがちに　話かけてくれる　OT2年目

食上げは　自分のペースで良いと思う　トースト、おせんべ無理だよね
歯切れよく相談に返してくれるST主任

＊食上げ…摂食嚥下機能に問題のある人が、食べやすい物から訓練していき、徐々に普通の食事内容に近づけていく訓練方法
＊ST…リハビリテーションの言語聴覚士。摂食嚥下や発語発話等の訓練を行う

階段の上り下りなど見てもらい　ストレッチなど指導受け
単位にならなくて　ごめんと　リハの技師長に言う

必要に迫られ　一足一段で　無理矢理降りてる
病院の階段

歩容は正しく真っ直ぐに
背筋を伸ばして　杖つき　廊下を歩いていく

きっときっとここでくじけてはいけないのだろう
暗い気持ちを持て余し　廊下を歩む

それでもケースをもって　向きあえば
背筋がのびて　ソーシャルワーカーの顔になる

＊歩容…歩行の際の姿勢や歩き方

眠れなくて　具合の悪くなる朝に
休まずに行けるかと　身体に問う

倦怠感　強くて休んでしまいたい
でも休めない状況が用意されてて

体力は5から6割　頭の働き6、7割
頭悪いし身体重いし　もどかしくって腹立たしい

復　職

病棟へいかなくっちゃと思ってから
5分後位に立ち上がる

無理だと思う　無理かもしれない
働ける　働けないかな　考えている

11月　やっと一日倦怠感軽く
この冬働けるような気のする　晴天

患者としてソーシャルワーカーとして　面談するとはどういうことか
以前より　不安や苦痛に近づいていく

その後の日常

２０１８年の12月ごろから、少しずつ身体も日常生活も落ち着いてきました。そして真冬、急性期病院の一番忙しい季節の中で仕事をしていました。倦怠感もひどい毎日でした。でも、相談業務の中で患者さんやご家族と話すことに支えられていました。

体力も頭の働きももどらなくて
もどかしいまま　働いている

効率が悪くて　結局残業になり
ため息つきつつ　タイムカード押す

毎日が限界までを働いて
結果としては体力がつき

休職して頭が悪くなったとぼやいていたら
それは加齢と言われて爆笑

仕事大変なんだけど　元の日常に戻れたのが嬉しくて
はずむ気持ちでリハやナースと話していく

杖の運び　包帯巻くのが上手くなり
後遺症も日常となる

杖ついてゆっくりとしか歩けない　その速度から　街を見ている
追い越されていく存在である私として

あなたの声が好きだから　声が変わらなくって　嬉しいと
退院後に会う友人の言葉　そう私は声を失わなかった、と今更に

とりあえず食べたいものに挑戦し
試してみないと先へ進めず

何となくいけそうな気がして
コッペパン小さくちぎって　口に運ぶ

ものすごく久しぶりのパンを食べ
しみじみ安心　ピーナッツバターの甘い味

これならばおにぎりだっていけるんじゃやない？
調子に乗って挑戦す

開口が悪いし　スプーンでしか　食べられないけど
諦めていたおにぎりに感動しばし

きっとこれから生きてる間　再発だとか転移だとかは　心配だよね
仕方がないと受け入れる

がんが常に身近になって　がんが自分の外にあったのはもう昔
それでも空はきれいだね

弱音をたくさん聞いてもらって　助けを求めて
そうして元気に生きていく

（がん研にて）
外来で先生とナースとの　こんなにも穏やかな会話
こんな日が来るって　知らなかった６月の頃

あごを取って　若くなったと言われたと
外来ナースと大笑いして　ちょっと幸福

がんになって　あごをとっても　大丈夫
笑えるから笑いあえるから　きっと明日も

きっと多分　クリスマスには　落ち着いている、って
思って過ごした夏の毎日

夏の日に　待ちわびていた　クリスマス
本当に生活が落ち着いてきて　普通に過ごせる喜びがあり

がんのある日常を　過ごす
毎日の喜びだとか笑いだとか怒りだとかを　大切にして

遠くへ言葉を渡していく
受けとめられて返されてくる言葉の中にある信頼

白粥に　温泉卵と　ひき割納豆　しらす干し
今の私の朝ご飯たち

普通のと一本歯用の歯ブラシで磨く
それからスポンジブラシに歯間ブラシ　口腔ケアは時間がかかる

咀嚼力が弱いから
ハミガキの時　食物残渣《ざんさ》が多くって残念

日々過ぎて　気切の跡が薄くなる
この夏がんばった　証だけど

その後の日常

（勤務先の病院にて）
お看取りの過程の中で　ご家族と表情や呼吸についてを話してる
今日はつらそう　今日は穏やか

＊お看取り…終末期のケア

下方修正　今の目標
長く続けて休まない事

またこの頃　倦怠感が強くなり
困ったものだと　残る有給計算す

しんどさを聞いてもらって吐き出して
一息入れて　元気になろう

これだけ機能が戻ったら　再発したらしんどいな
でもそれはそれで仕方ないなと考えている通勤途中

血内カンファ　食道転移肺転移等の画像有り　頭の片隅
誰にでも起こり得るって考えている

命とは皆さんに与えられた時間ですって
日野原先生が言ってたね

仕事中涙が止まらなくなって
このところしんどかったと自らをいたわる

倦怠感と疲労感とで失速していく
気力と仕事の能力と

杖なしで歩いてみようキャンペーン　一人で絶賛開催中
職場のリハの助言得て

一個の月餅まず20個に切り分けて　少しずつ少しずつ口に運ぶ
美味しいね

要するに経過観察って　再発・転移がないかの確認と
納得をして通院していく

15％くらいの人に再発が　そして再発する人の8割は2年以内と
頭頸部癌学会のホームページ

なるほどね　知識としては理解した
気持ちと覚悟の準備だけしして後は忘れる

ステーキ　唐揚げ　フライドポテト
目の前に並ぶ宴会料理　困惑しないでチャレンジしよう

飲み会に出れば思いがけない食べ物が出て
ハサミで切れば食べられるという経験を積む

目の前が急にクリアに覚醒した感　仕事脳が通常モードの実感あって
一月の末

医師からの電話　ベッドがタイトなんだけど　誰か退院できないの？
これじゃ救急とれないよ

その後の日常

退院できる人たちはもうすぐ退院するから待ってて
考えながら　退院予定日伝えていく

退院できない人たちは　それぞれ事情があるから支援が必要
準備の時間を医師と交渉

冬最中　急性期病棟の退院支援は　スピードが勝負
追われるように仕事していく

＊急性期病棟…病院の中の急性期の患者をみる病棟

（医療法人の学会にて）
顎触っても良い？　仲良しの脳外の女医が触れてくる
良いですけどって応じていたら　がんが取れて良かったね！と満面の笑顔
＊脳外…脳外科

結局仕事が好きなので　働ける場に感謝する
忙しくって　息切れしているエレベーターホールにて

ＡＡの「平安の祈り」に支えられ
落ち着きをもって　日々を過ごしていけますように

平安の祈り　ＡＡ（アルコホリック・アノニマス　アルコール依存症を抱える人のピアサポートグループ）や、その他の自助グループのミーティングで参加者が皆で唱えることのある祈り。

平安の祈り　（ラインホルド・ニーバー）
神さま、私にお与えください
自分に変えられないものを受け入れる落ち着きを
変えられるものは変えていく勇気を
そして、その二つのものを見分けるかしこさを

できるならもう一度行きたい
ボルネオ島マレーシア　サバ　サンダカン

＊サバ…マレーシアのボルネオ島にあるサバ州
＊サンダカン…サバ州の都市

サバ州のオイルパーム農園で　拙い英語で聞いた労働条件
あれは１９８９年

＊オイルパーム…アブラヤシ　実からオイル（パームオイル）をとる　加工食品に多く使われる

オイルパームの調査にて　地図にも載らない農園に行く
鳴き猿の声をジャングルに聞く

マラッカ海峡行く船たちを　見ながらお茶を飲んだのは　はや20年前
再び行くのは難しいかな？

スリランカ　タイ　インドネシア　歩いていたのはNGOに居たころで
元気が当たり前だったけど　今はどうかな　もう行かれないかな？

杖の理由を問われるままに　がんになって、と答えていたら
電気屋さんやパン屋・マンションの人たちやご近所たちの知るところとなり

家を出たら町内で　体調大丈夫？と　声かけられて
大丈夫っておしゃべりしながら買い物をする

何度でも自分と向き合う必要あり
気持ちも身体も変化するから

日々の大変　そして大切な日常

２０１９年２月

紙コップのコーヒーをたくさんこぼさなくなって
それが嬉しい昼下がり

傘と杖　雨の日の憂鬱
２本持つのは大変なんだよ

２０１９年になり、この冬はどうにかこうにかフルタイムで働き、でも倦怠感がひどく身体も気持ちもギリギリの状態で一番つらかった時期でした。辞めたいと思いながら出勤していました。辞めなかったのは、仕事で出会える人々がいたからだと思います。

転移無し再発無し　腫瘍マーカーの値も下がった
今のところは大丈夫　であれば、仕事に傾注しないと！

＊腫瘍マーカー…がんの可能性を示す指標

造影ＣＴ転移なくきれいと言われて安心
でも右耳痛くって気になっている

＊造影ＣＴ…造影剤を体内に注入することで、造影剤が毛細血画像にコントラストをつけて、より精度の高い画像診断を行うための検査

造影ＣＴ苦手だけど　再発転移を探すためなら仕方なし
身体がだるいし　手に冷や汗をかいたりするけど

がん中心から戻ってこないといけないの
日常の中に軸足を戻す

良い仕事がしたいなと心から思う
人と出会ってまた別れていく毎日の中

仕事でうまくいかなくて　でも下は向かない
元気そうに見せないといけない時もあるからね

動揺する気持ちをおさえて進んでいく
人も自分も大切にして

やり過ごす　スルーする　忘れていく　それも大事
でもあきらめない　失敗しても　また向かっていく

嘘をつかない　正直でいる　逃げないで関わる
出来る限りの誠実で　関わっていく

３月

泣きたくなるような倦怠感
どう表現したら良いのかと　とつおいつ　考える
身体の中に砂か水の粒がたまっているみたいな　重い気がする倦怠感
疲労感で眠くなる

ダウンから春物コートに代わる頃　杖無しの通勤開始
身軽になって　少しの不安と解放感と

たとえいつか再発したり　転移があっても
今のように　健康に近い日のあったことが　私を支えてくれるはず

もう無理　もうもたない　もう辞めよう
繰り返しながら出勤していく

辞めようと考えながら仕事していて　仕事自体に励まされてしまう
まだ働けるかな？

気力がもたなくなったら仕事できない
人の相談にのるなんてできない

患者さんのために頑張れなくなったら、辞める時
そう自覚して働いている

身体がだいぶ戻ってきたら
今度は気持ちが疲れたよって訴えてくる

取りあえず術後１年までは　働こう
ささやかな目標設定

祝福のように　８階の自分の部屋にも届いてくる
沈丁花の香り　祈りと喜び

4月

春になり少し体力が戻ってきて、それとともに自分で自分を支援してこの大変さから抜け出さないといけないと思えるようになりました。職場の病院の事務長や産業医の先生と、働き方を考えていくことができるようになりました。

泣きたいような倦怠感　どうやりすごすのかさえ　頭働かなくって
ぼんやりしている

情けない所属長の私だけど
踏ん張っていることが大事なんだと考えている

文句を受けとめるためだけにでも
私のいる意味はあるんじゃない？

これからの１年間の目標を立てる
少しでも良い仕事とそして相談室のために

くじけている場合じゃない
そうだけど体調悪いと　困ってしまう

色んなことが思うようにはいかないな
それでも毎日誠実に過ごして行こう

復職して半年が無事に過ぎたことを一人で祝う
良く頑張ってきましたと

人生の中でもたくさん泣いたこの半年
それは絶対意味があるから

毎日毎日倦怠感の中で残業をして乗り越えてきたこの冬は　厳しかった
本当に　いっぱい泣いたたくさん泣いた

夜８時私の体力の限界が来る
今帰らないと明日がもたない

そこにあなたが居てくれて　私の言葉を受けとめている
それに支えられながら　言葉を紡ぐ

がんになったことは　ギフトのひとつだったって
素直に思える今がある

がんになって私の世界はより深く　時間は濃密になった
命の有限性を自覚したから

「タイ料理食べに行こう　ソウルフードだって言ったから」
会うなりいきなりそう言って　歩き出す君

少しゆっくり歩いて下さい　杖無しで歩けるようになったけど
まだまだ早くはあるけないから

週に一度　涙が止まらない一日があり
もう持たないかもと思う日があり

これって本当は良くないんじゃない
働き方を考えないといけないいな

相談室の運営に力を注ぐ気力がなくて
どうしたらいいか　考えている

忙しい　無理する　残業　無理する　体調が悪くなる
休む　仕事が積み残る

がんばって頑張ってきたこの半年　ちょっとくたびれてしまったの
力が出ないし　休みたいんだ

「自分自身どこまで頑張れるかがわかりません」
机上に書いたメモがあり　眺めながら仕事している

誰も自分の思うようには助けてくれることは出来ない
だから自分で自分を支援していく

不充分な指導ですまない　2年目のケースのトラブル
私に責任あるから反省

5月

新緑の鎌倉を歩く
大学の友らに時にサポートしてもらいつつ
あまりにも体調の悪かった週末があけて何とか働き
職場の環境を整える

体調が悪すぎて横になり
これでは仕事できないと　心細くて考えている

泣きながら働くことの多かったこの冬を　超えて夏に向かうため
少し休んで体調回復を目指していこう

これからも働くために
自らの働き方を整えていく

休み休み働くことが
結局は長く働くことになりそう

荷物を少し軽くしたいと考えている
春から初夏に変わり行く頃

体調が悪いのが当たり前な毎日に慣れつつ
早く寝る工夫

休ませるための診断書　書いてくれる主治医がいて
患者への信頼を感じて安らいだ気持ちになれる　今日の夜

いたわられると泣いてしまう私がいて
泣いたら少しスッキリするけどボンヤリしちゃうね

面談で　倦怠感を説明し　言葉に詰まる私を　冷静に見る
産業医である血内の医師

面談後　産業医から私への依頼が減って
ちょっと困った　どうしようかな

事務長はどうしてほしいか聞いてくれる
ひとまず休みを増やすこと希望

事務長と産業医との三者面談
二人とも私を何とかサポートしたいと計画している

「病院として」業務量の軽減を図るという結論を話してくれる事務長がいて
快復のために仕事を軽減すると支持してくれる産業医がいるありがたさ

どんなふうに辛いのかがわからないから、
ともかくつらいときはどうしてほしいか、言ってほしい、
そんなふうに話してくれるスタッフがいる今がある

先生はがんを取ってくれたから
そのあと元気で働くための闘いは私の担当

今の私の闘いを　報告に行く
耳傾けてくれるマギーズありて

まるで便利帳のように　短歌の冊子が読まれていて
それは嬉しく楽しいことで

あの日と変わらずに美しい木々の緑
がん告知から1年たって　はるばるときた時間を思う

6月

仕事にそして仕事の中で出会う人々に支えられながら、がんの告知から1年、そして術後から1年をむかえられました。がんになっても生きていけるとわかりました。

MSW全国大会
久しぶりに会う友人たちと互いの位置を確認していく

がんになったの、伝えると　一瞬沈黙する仲間たち
驚かせてごめん　でも話したかった

学会に出ただけで寝込むくらいに疲れてしまう　なんて体力ないのかなあ
それでも久びさに会えた仲間に力得る

今でもね　自分ががんになったこと
まるで夢みたいに思うことがある

高次脳機能障害ある方と語らい
その優しさにとっても支えられる自分がいて

＊高次脳機能障害…記憶や思考や判断を行う脳の高次機能をつかさどる部分が病気やケガで損傷して起こる障害（注意障害や遂行機能障害など）

退院前の家屋評価　あれこれ準備を重ねつつ
一時間半立っているのはきついなあと考えながら算段する

＊家屋評価…退院が近づいた患者さんの自宅を訪問して、動作確認や家の中の危険個所などをチェックし、必要な場合には住宅改修の提案なども行う家庭訪問のこと

十分にソーシャルワーク支援ができてないことの不満を示すリハがいて
体調が悪くてなんて言えなくて　でもできなくて葛藤する

膀胱がん　悪性リンパ腫　白血病　それらの方の支援をして
2年目指導に新人教育　自らの病気を忘れていられる日中があり

ピザパーティにバーベキュー　若いスタッフの計画で相談室の楽しい行事
完全な参加は難しいけど皆の笑顔が嬉しい一日

入院の前からずっと先生から再発しやすいがんですよ、
とアナウンスのある意味を　考えながら造影ＣＴ

外来の待合室で検査結果を待つ間
「勇気」について考えている

私が考えていることが「覚悟」ではなく
「勇気」であることが　私を支える

再発してもきっと何とか向き合えるとは思うんだ
でもその覚悟があるか心配なんだ

「心配な事はありません」結果を告げる先生の言葉
「合格ですね」と緊張を解く

ソーシャルワーカー集団にがんのことを話していく
誰にでも起き得る経験として　そして患者になってわかったこと
私の言葉の中に　人を支える力があったと知ることができて
自らの力を発見して自立して立つ

術後1年　7月

杖無しで歩ける　細かくすればだいたいのものが食べられる
もうすぐ術後1年になる

あなたの言葉に救われた、と　亡くなった患者さんの妻からの電話
瞑目して聞く　エレベーターホール

院長と救急ベッドが足りないことをやりあって
事務長看護部長と相談して　完全に戻ってきた日常風景

桃が喉にひっかかり　飲み下せなくて　苦労する
まだまだこんなものか咀嚼力

眠いだるい眠いだるいと繰り返す　風邪薬の影響もあり
そんな一日

近所の内科クリニック　既往に口腔がんと書きながら
少し緊張息を吐く

手術をしたのはこちら側ですか？　と医師の触診に答えてる
喉の腫れには　トランサミン

＊トランサミン…抗炎症作用のある薬

久々に倦怠感の軽い朝
本当はこういうのが普通なのかな　思い出す

術後１年振り返って思う　遠くまで来た　ここまで来られた
がんと私はもう分かちがたい

判断する　決断をする
皆を巻き込んで物事を進めていく

やっと所属長としての力が少し戻ってきたのかな
深呼吸して肩の力抜く

曇天に燃え立つカンナ
苛立ちをぶつける我のまなざしを止めよ

1年前のわたくしにできることなら言ってあげたい
顎を取っても大丈夫　何とかなるから大丈夫　怖いけれども大丈夫って

そして豊かな関係性の中で生きているから大丈夫って
がんが育んだ関係性が豊かだから喜びがある

経過観察ときどき造影CT

2019年8月

経過観察　二か月おきの通院も　日常となり
季節を数える
外来で「おおむね元気でした」って言うと
「おおむねとは？」と即座に返ってくる主治医

闘病中の私を支えてくれたのは家族、友人そして主治医の先生とマギーズ東京と頭頸部がん患者と家族の会Nicottoでした。大きな検査をすれば、再発や転移がないかといつも不安でした。

経過観察ときどき造影ＣＴ

投げかける言葉に対して
ほしい所の真ん中に帰してくれる主治医の言葉

パーフェクトに近いコミュニケーション
主治医の先生　本当にすごいと思う

転移ありきで　状態変化を見てくれる
「何かあったら一つ一つ対処しましょう」　話してくれる　安心感

先生がいてくれるから
転移や再発があっても　頑張れるって考えている

マギーズの縁で　メールのやり取りがあり
がんを得たことの　不安や収穫を話せる人がいるありがたさ

わたしにとってあなたも　わたしのマギーズの一部
わたしもあなたにとってのマギーズの一部

感想なんて言えない　言語化できない　泣いちゃうから
でも、田中さんらしくいて下さいって　言ってくれる後輩ＭＳＷ

短歌の感想メールの嬉しさに　一日心が弾んでいて
大変な仕事も大変さが軽くなる

この冬に仕事を休んでいたならば　こんなに泣くことはなかった
でも大切なものを沢山得られなかったこともわかってる

仕事をしているから出会えた人たち家族たち　その人生への支援と関与
それが私の足を地につけるから

退院が間近になると　時間をかけて沢山話してくれる人たち
あるいは　退院した後に来て話していく人たち

勘が良い　「がんだったんでしょう?」と声をかけてくれたご家族が
「僕の妻もそうだったから　何となく。
無理しないといいなと思ってました」って

「うちのお母さんもよくなったけど　田中さんも良くなったよね
普通に歩けるようになってる」

最初に会った時は杖でしたものね　笑いながら私もこたえる
退院間際の打ち合わせの時

人が一生懸命生きていることの
愛しさを　思いつつ　感じつつ仕事

拒否はまた切望の裏返しだと知っている
怒りに躊躇して近づくのをためらうけれども

逃げたらば　逃げたことには誠実に向かい合うから
次のために

9月

（下部内視鏡）
今日の私は　人格さておき　腸である　大腸内視鏡検査
（上部内視鏡検査で病変があった時）
「顎からの転移がないか見ますから、病変があったら取ります」と言う説明
胃カメラの前に受け　ミダゾラムにて眠っていく

＊ミダゾラム…沈静薬

目が覚めてぼんやりとした右耳に
組織を取ったと先生の声

そうですか、取りましたかと思いつつ
支えられつつ廊下を歩く　鎮静下

もう一度もう一度　新たながんと向き合っていくの？
ため息ついて　前を向く

カズオ・イシグロ「わたしを離さないで」の登場人物になった気分
次に取るのはどの臓器

＊カズオ・イシグロ…イギリスの作家、カズオ・イシグロの小説「わたしを離さないで」の中で登場人物が臓器を何回も取る場面が出てくるが、それを思い出したので。

発表は19日　転移かどうかの結果有り
さすがステージⅣだったよねと考える

5年生存率という言葉　私のステージは5割に満たない
私はどっちに入るだろう

怖い？ 不安？ 自分に聞いてみる
うん、怖いと思う　次に何の機能を失うのかと思うと怖い

そうすると次に来るのはＰＥＴかな？
予想してみる今後の展開

＊ＰＥＴ…がんの有無や広がり、他の臓器への転移がないかを調べる目的で行われる精密検査

検査結果がでるまでは　この秋の計画保留
治療計画がどうなるか

「顎のがんは食道に転移しやすいから見ました」と内科医師
電カルの映像を凝視するわたし

「病変は炎症によるもので、がんではありませんでした」
内科の医師の言葉あり　覚悟の緊張がゆっくりほどける

「とてもきれいで健康的な粘膜です」生まれて初めて
腸粘膜をほめられている

＊電カル…電子カルテ

ジェットコースターから降りられてまだ落ち着かない気持ちにて
マギーズに寄り　お茶をいただく

マギーズでがん種の違う方々の話にゆっくり耳を傾け
聞いてもらって　気持ち落ち着く

弱い自分　強い自分　私は私と共鳴していく
どうやって生きていきたいのかと考えながら

「がんになったからこそ　出会えたわたしたち」患者会の会長の言葉
深く頷く

転移の経験のある方も多く　患者会では活発な話
検査の前の緊張は皆等しく

10月

仕事中心の毎日。転移や再発の不安は頭の中に常にあり、あとどのくらい生きられるのかと気持ちは揺れるけれど、仕事でうまくいかないこともあるけれど、それでも仕事できていることに感謝する毎日でした。

いろいろうまくいかないことを　がんのせいにしてないか？
自らに問う　復職1年

復職し1年が経つその週に　師長会にて講義する
求められる役割のあることの意義

経過観察ときどき造影ＣＴ

血内の先生たちとの関係が成熟してくる　この時間
信頼に応えてがんばろう

復職して１年が過ぎて　根拠はないけど　これからも
大丈夫な気がして　先の計画あれこれとたてる

根拠はなくても今のところのそんな安心感に基づいて
日常を歩んで行くのだ

がんが再発転移するとしても今の私には知り得ない事
ならば心配ではなく安心して過ごそう

退院前カンファレンスの中にある
その人のためを思う気持ちの数々

「造影CT無事にパス」マギーズで報告
花束をいただき　ただただ嬉しい

11月

4年後のラグビーワールドカップをフランスに見に行く計画
当面の私の目標となる

気をゆるめたらあっという間にすごい風邪
緊張を解くとはこういうことか

不機嫌を隠そうともせず向かってくるスタッフに
あなたを案じているとなかなか言えない意気地なし

久しぶりに会う友人に　失った機能を説明して
諦める口調になっている自分がいる

当たり前のことになっている不便
人に説明する時は　少し諦めてしまう　わかってもらうこと

何もかもいやになった自分がいて
仕事もしたくないし　もう嫌だ
だだっ子のような自分をもて余し
それでも自動操縦で出勤

12月

顔色を見ていてくれたんですか？
はじめてがんのことに触れられて　職場の外科の先生に驚いて見直す

姉と二人　互いの主治医についてを話しつつ
笑えていることに　安堵する　去年の夏の事を思えば

左外頸動脈はがんの手術で切断されていたのかと
初めて知って納得して落ち着く

＊外頸動脈…頭頸部の大きな動脈の一つ

夜明けの空を見ながら出勤
冬は夜明けが遅いからこそ

経過観察ときどき造影ＣＴ

２０２０年１月

がんになったときよりも　インフルエンザの今の方が
老いを感じてガックリとくる

近況を細かに安心して伝えられる相手がいることの
幸福をかみしめつつ　夜明けのメール

動きにくい箇所のバランスとらんかな
気持ちよく伸ばす　キャンサーフィットネスの時間あり

＊キャンサーフィットネス…運動（フィットネス）を通して、
がん患者、がんサバイバー（がん経験者）を支援する団体

買い物して料理を何品かつくったら　疲労困憊
食べることも出来ずに眠る

生きることに一生懸命だったのだ、と
昨年を省みて思う　私がいる

失敗は失敗としてありつつも
これからどうするかについて考えていこう

がんについてあまり考えなくても生活できる自分がいて
このまま70歳まで行けると良いのに

死ぬときは近くに居てね　一人で死ぬのは寂しいから
きっと「いいよ」と言ってくれるだろうあなたに言っておきたい

経過観察ときどき造影ＣＴ

今あるものの幸福をきちんともって　仕事と生活をしていこう
笑い飛ばして生きていこう　いろんなトラブル

不意に起こる体調不良　それらと付き合いつつだけど
ほぼ病前の日常を取り戻せた今のわたし

マギーズはよりよく生きていくための場所
そしていつかよりよく死んでいくための　力を貰っていける場所

退職の予定を告げられ　仕方ないとは思いつつ
来年度のこと考えて気の重い朝

辞めていくスタッフと語らい
少し落ち着き今後を見ていく

２月

口腔内や　鼻の周囲の腫れや痛みに　恐れおののく
口腔がんの経験者たる我

長生きはできなそうだと思うんだけど
別にそんなにすぐに死ぬわけでもなく　のんびりと思う　夕飯の献立

笑いながら　話しながら　困難に立ち向かっていく私たち
ソーシャルワーカーの仕事はそんなん

先生たちが　信頼してくれるから　それに誠実に応えたいと思う
血液内科病棟の担当の我

血内カンファで看護師たちと　患者さんの今後のあれこれ相談しながら
課題の確認　そして共に動いていける喜び

自立せよ　自立せよ　自立せよ
60近くになったって　ダメな時は　ダメなので

経過観察のための通院を継続。がんのサバイバーとしての気持ちが落ち着いてきました。ソーシャルワーカーの仲間たちとの信頼関係が嬉しかった。少しこれからの生活、今後について考えられるようになりました。

そんな中、新型コロナウィルス感染症がやってきて病院も地域も大変な状況になっていったのです。

３月

「そば食べられた」　患者の発言に私の言葉
先生が打ち込む　電子カルテ

「このまま長生きできそうな気がします」　それに対して
「そうですね」とは絶対言わない主治医と対峙す

経過観察ときどき造影ＣＴ

主治医の誠実が気持ちよく
まだまだ長生きできる確約のある人ではないと　自分の位置を確かめる

来年度どうやって働こうかと考えながら
がん相談支援センター予約する

＊がん相談支援センター…全国の「がん診療連携拠点病院」や「小児がん拠点病院」「地域がん診療病院」に設置されている、がんに関する相談窓口

顔のがん　どこかに痛みを感じれば
すわ転移かと再発かと常に不安な　サバイバー

私たちは　お互いにとっての　マギーズと思いながらに
日常をやり取り　そして互いに支えあいゆく

責任者だって辞めたくなるとは誰も思わないのか
君たちは

目の前の事ただやるだけと考えて
今日も１日出勤しよう

経過観察ときどき造影ＣＴ

職場の問題検討し
エコマップ書いたり　ＦＫモデル書いたりしている夜がある

＊エコマップ…支援の対象の人を中心として、その周辺にある社会資源（家族、友人、医師、関係機関など）との相関関係をネットワークとして図にしたもの
＊ＦＫモデル…福山和女ルーテル学院大学名誉教授によるスーパービジョンのツールの一つ

不安を５つ書き出して　ながめて優先順位つけていく
不安と取り組む知恵の一つ

私の中のどこかにあるへこたれない強さ
感謝しつつ、勇気とユーモアを抱いて進む

右耳の痛みを抱えて気になって
病院にかかるほどでもなく　過ぎていく日々

新型コロナウィルス肺炎
これがもたらす困難を乗り越えていくからと　自分に約束

久々に脳外担当に戻ってきたね
脳外のケースも好きだから嬉しい

４月

人気ない灯りの少ない街中を帰る
非常事態宣言の出た東京を

防護服　マスク　ゴーグル　フェイスシールド
先生だってわかるのは　目の表情だけの頭頸科外来

「先生が元気でないとたくさんの患者さんが困るから　元気でいて下さいね」
職場の医師に話すのと同じ口調で主治医に話す

「気をつけます」と主治医が答え
「面談も濃厚接触だから田中さんも気をつけて」と外来が終わる

マギーズも対面相談閉じていて　でも声が聞きたくて電話する
がん研受診の帰り道

5月

疫病の流行る街にて　乗客は我ただ一人
夜9時半のバスに乗り込む

手洗いを重ねる日々に
手の甲の　日ごとに老いゆく

朝のバス停　一人減り　二人減りして
ただ一人となる

それでもツツジは咲き　バラは咲く
新緑の美しい５月　私の好きな季節の５月

始業前スタッフの日々の検温チェックして
みな平熱と安心する

体調が悪いと休みたくてたまらなくて
良くなると皆にやましい思いがでてくる不思議

事実なのに　体調が悪いと言えないのは
どうしてか　よく考えてみようと思う

休んでいると気づくのは　深く疲れているという事
これからどうしていこうか　考える

リスクの確率に支配されてはいけないと　読んだ本は教えてくれる
自分の人生を確率に支配されるなと

60を迎える私　毎日9時まで働きたくはないのだと思う
ならばどうする？　考えよ

出勤をしてしまいさえすれば　勢いで働く　夜までを
疲れ果てて体調が悪くても

体調が良いと思って調子にのると　へたってしまう
まだまだな体力のわたし

眠くてだるくて辞めたくて
だましだまし出勤していく

気持ちが折れているのかな
この先頑張れる気がしない

生きていること　身体の中に不調はあっても
痛みのない事をよしとしつつ

胸の少しの息苦しさとか　胸の重さとかに　転移ではないかと
怖くなる瞬間のあり　気のせいだとして　忘れていくけど

倦怠感　あるのが普通　体調も悪いのが　よくあることで
それでもある程度は元気だから　日常生活　がんばっていく

経過観察ときどき造影ＣＴ

コロナと言う病に隔てられつつも
人は人によって支えらるるを
倦怠感を友として　働いている我なれば
少し軽いと喜びがある

６月

６月の緑深きは美しく
樹々は疫病のこと知らないであり

眠くてだるくてどうにもならない
もう良くなったかと思えばこんな１日もある

経過観察ときどき造影ＣＴ

職場についてしまったら、やるべきことに追われるから
だるさも脇において働く

私にはやるべきこと求められることのたくさんにある場所があり
そこで働きそこで闘う

ホームとはどこかと問われて
今の私のホームは病院　笑い怒りする病院

がんになる　視野のどこかに「死」が見える
そこにあるねと時々思う

頑張ろう　今が困難なとき
人生からの期待に応える時

びわを食《は》む　去年一昨年
果物を食べられなかった日々の後で

経過観察ときどき造影ＣＴ

今日だけは患者さんでいられる定期の外来
病院で働く人ではありません

「この2年間が大切だったんですよ」もうすぐ2年になる外来で
「2年経つと再発のリスクが下がりますからね」と主治医

マギーズの午後　陽の移ろいを眺めつつ
人の声を聞くともなく聞き安らいだ時間

もう20年以上病院で働いて来たんです
そろそろ離れて良いのではないか

７月

５年生存率44%　という言葉　一日の大切さ
当たり前な普通の毎日の大切さ

しんどいな
誰か何とかしてください
どうにもならない日常をすごす

体調が悪いと　もうダメ　もう無理　もう嫌だ
考えながら働いている

がんブログの更新のとまったままにひと月以上
どうされているのかとひそかに案じる

2年経って戻ってきている日常に　振り返って思う
生きて来られて良かったね

経過観察ときどき造影ＣＴ

今日のこと　明日のことしか　考えられなかった
2年前の手術の日

2年間を振り返って　顔のがんとわかった時に
怖すぎて情報収集さえできなかった　自分を見つける

生きていることを喜ぶ　それを心に1日過ごす
オペから丁度2年めの今日

食べられること　杖無しで歩けること　痛みのないこと
身体のやすらかなことの喜び

午前中は患者さん宅　午後は重い面談
こんなにも戻ってきている日常を　思いもしなかった2年前の手術の日

「この状態で帰すんですか？」医師と口論
退院先の変更の了解をもらい　調整していく

経過観察ときどき造影ＣＴ

子どものような年齢のリハ達と　笑ったり困ったりしながら
打ち合わせていく　家屋評価

常に話しかけられている　常に応答しているような
仕事時間は目いっぱい　言葉飛び交う

ＩＣ設定失敗しましたと　潔く謝ったらば
「いいよ、何とかするから」って　脳外Dr.ありがとう

＊ＩＣ設定…医師から患者への病状説明の日程調整

低気圧　首の傷や足の傷が痛んでわかる
便利と言えば便利な機能

８月

そんなに　泣いたり辛い思いをしなくても
良かったんじゃないの？って気がついた今日

もっと普通に　つらくてしんどくて
働けないってなんで言えなかったんだろう

どうやって　周りに理解を求めたら良かったんだろう
2年経ってそう考える　やっとね

自らの苦しさの元を辿ろうと
思い、考え続けていく

飛鳥山公園のセミ時雨
2023年の夏をこの目で見たいとふと思う

精神的にちょっと不安定だなと　ちょっといろいろヤになって
全て遠くへ放り投げる

ナイトマギーズ　夕暮れの豊洲
浮かぶあたたかな灯りの中で　語られる言葉　耳傾ける思い　遠くの音楽

求められることができないことが
わたしを苦しめる　どうやって折り合っていこうか

気力体力能力が落ちて
求められることに応えられないことが苦しい

苦しいけどね　できないことを　あきらめて
どうにかこうにかやるしかない

なんて雲がきれいなんだろう　夏の終わりの青空と雲
がん研の帰り空を見上げる

職場では責められて批判されて
言い返すことも体力がなくてできなかった2年前

一人のわたしとして　話を聞いてもらう事ができたから
バランスが回復できた気がしている

マギーズで回復したのは尊厳だった、と
2年経って落ち着きを得て思う今

マギーズに支えられてきたこの2年
私もマギーズを支えられたら嬉しい

新人MSW研修会　なりたいMSWになっていってね
話しかけつつ　いつも思う　自らの理想が現実をつくるからって

楽しいのは笑うこと歌うこと語らうこと
今ここにある何の変哲もない1日

自己流で短歌を綴る
自らを対象化して治していく作業

２年経って身体が落ち着き止まっていた様々なことが動き出す
日常を取り戻している今

取りあえず自分のことは置いといて
忙しく楽しく働けているから　大丈夫

がんの方と沢山関わって来ているから
自分だけが無関係でいられるわけもなく、と納得をする　自分の病

がん関連の沢山の検査に慣れてきて
ストレスも少なくなって通院していく

それでも嫌な胃カメラは
できるだけ避けて先延ばしする

倦怠感がない日が少しずつ増えてきて
軽い身体でしっかり歩く

９月

ねむい　だるい　寝ていたい　そう思いながら相談室のカギあける
７時40分

日中はケースで動いて　６時から記録を書いて
８時過ぎから管理業務を始める毎日

続けていくことにしか希望が無い　負けてやめたらそこで終わり
だからまた続けていく

新しく手に入れた食事用の丈夫なハサミ
肉だって魚だって食べたいですから

もう一生食べられないと思っていたトーストを食べ
食感を味わう

ある朝ふと　下唇のマヒはもう治らないと理解して
ま、いいか　と受け入れる

気がつくと元気になって
気がつくとこのままずっと生活できる気がしている
私は世界がどうなっていくのか見届けたい　コロナの後も

「再発・転移の兆候なし」
電子カルテに入力される文字を見ている

「時間が経っていくことで　心配が少しずつ減っていきますからね」
主治医の言葉に緊張が柔らかくなる

次の外来11月で　その時はまた造影ＣＴ
看護師に説明をうけながら　「もう7回目だから大丈夫」と笑って応答

サバイバーのすぎていく季節

がん関連の様々な不安と共に生活していくのが、サバイバーなのだと思うようになりました。がんになってから新たに得た人間関係の豊かさに支えられ、そして友人達、ソーシャルワーカー仲間の人たちとの前々からの信頼関係に感謝して闘病してきました。

晩秋

「まだ何年も経過を追っていきますから。あと2年半　頑張りましょう」

誰にも左顎が無いのがわかりません、
先生きれいになおしてくれてありがとう

時間が経ってくると　ここがへこんでくるね　と確認する手
そう顔のこのカーブは先生の作品だから

コロナ禍の真っただ中の病院の廊下は暗くて寒い
さすがに怯える気持ちして「本当に緊急事態ですね」と主任と話す

怒鳴られることに慣れてはいるけど　傷つかないわけでも無くて
ため息ついて　クレーム対応

救急が止まり外来が止まり入院が止まり　退院も制限がかかり
対応に追われ過ぎて　感じている暇がない

２０２１年　冬

雪が降り寒い寒い真冬の午後に
一人気持ちを身体を休める

毎日の仕事が終わらなくって大変で
もうダメだなと困る午後８時

荷物とか　降ろしていって　定年準備
寂しさよりも解放感が勝ってく

もう所属長じゃないんだな　責任者じゃないんだな
自由になって白衣に着替える

先生たち師長たちからの「お疲れ様。でもまだ居てくれて良かった」に
笑顔で応える

できないことが私をさいなむ
できなくってもいいんだから　と自分をいさめる
体重が増えることで倦怠感が減ってきて
でも全身管理では良くないんじゃないかな

春

マギーズで一日を過ごす
がんになってのこれまでとこれからのこと　考えている
生きていてくれてよかった、という言葉を胸に
一日を過ごし行く

久しぶりに体調の良さを感じていて
明日も明後日もきっと元気な気がしてる

よく働いてきましたと　自らねぎらう
定年まであと数日ですが

あと何年パートで働けるかもわからない
毎日毎日　一期一会

マギーズへいく度ごとも　一期一会
サバイバーの私もスタッフ皆さんも

ヘトヘトでない日常を　喜び楽しむ
きっと明日も良い時間かな

がんを理由にはしない
ここから始める　生きていく

初夏

先生に治療して貰えて良かったです、と患者である私が言えば
治療して良かったです、と主治医が返す　告知から3年が経つ診察室
痛みなく普通に生活できていることの　喜びを改めて思う
がん告知から3年経つ朝

話して笑って話して笑って　豊かな時間が過ぎていく
元気になったサバイバーのマギーズの時間

多分私はいつまでも未熟な部分をかかえながら
そこからでしか出発できない

6月のきれいな風に吹かれながら　3年前告知の時を考える
そしてはるばると来た時間を思い　歌を歌う

勤務病院にて

反発や不信が信頼に変わる時　信頼関係が生まれるその時
ＳＷを仕事にしていて良かったと思う

ずっと気難しかった　あなたが笑う「一緒に行ってくれるんでしょう?」と
大丈夫　一緒に行くから　施設入所に

苦労したことなんか無いんでしょう、とクレームの合間に言われ
大人ですからそれなりに、と返す窓口

闘病後　相談室で成し遂げた事　できなかった事
後悔と情けなさ　皆への感謝と愛情

ＳＶの準備をしながら　振り返る
私はわたしとどこかで和解をしていきたいと考えている

＊ＳＶ（スーパービジョン）…ソーシャルワーカーの専門職としての成長に必要な指導、面談などを行う事または受けることを言う。教育・管理・支持の３つの機能がある

頑固なおじいさまたちと　面談を重ねていくうちに
少しずつ生まれていく信頼がすき

辞めていった新人に　人生が優しくあるように
本人に届かないだろうけれどそっと祈る

夏

術後三年穏やかな夏の朝
がん患者ではない毎日

がんのこと考えることも少なくなって
穏やかに向かえる　術後三年

来年はもう働いてないだろう
猛暑の日々を通勤していく

一日中誰とも話さず日暮れをむかえる
退職後の日の練習として

夏の木々のくっきりとした影を踏み
猛暑の中の仕事が始まる

結局はこの3年を振り返り
乗り越えていかないと　先に進めない気のする私
頭頸部がん経験者
元気に生きていくことが　いつか誰かの役に立つかも

「言葉をチカラに」

豊洲にあるマギーズ東京にいらっしゃると、田中里恵子さんの短歌集三冊を手に取って読むことができます。すべてボランティアさんの手作りで、三冊目は利用者さんからいただいた写真が表紙になっています。これまで多くの来訪者の手に渡ってきたことが伺われる冊子たちはそろそろくたびれてきています。そんなタイミングで、これまではマギーズ東京にいらした方々しか読むことができなかった里恵子さんの短歌が、こうして一冊の本になり、今度はより多くの方々の手に取っていただけるようになったことがとてもうれしいです。

里恵子さんの短歌を初めて読ませていただいたときのことは今も鮮明に覚えています。

はじめはＡ４紙にただ印刷しただけのもの、でもそこにある一つひとつの短歌が描く「そのとき」「その場」にこころをきゅっとつかまれて、涙があとからあとから流れてきて、短歌がこんな風に体感的に響いてくるものなのだということを改めて実感した時間でした。これはぜひみなさんに読んでもらいたいと思い、里恵子さんに賛同いただき、はじめはクリアファイルにそのＡ４紙印刷の短歌を入れて、マギーズ東京にいらっしゃる方々に手に取っていただきました。Ａ４紙版はボランティアさん手作りの美しい冊子となり現在に至る、その間私は何度もこれらの短歌を読み返しているのですが、毎回目の奥が熱くなり、鼻の奥がツンとしてきます。

がんの告知から入院、手術、術後の苦労、退院後、リハビリ、復職、その後と、里恵子さんはその治療経験とその後の道のりを丁寧にたどり、「そのとき」「その場」を私たちに見せてくれます。私自身十数年前に婦人科のがんを経験しているのですが、がん種は違うものの里恵子さんの短歌を呼び水に、私の「そのとき」「その場」を思い起こし、それが響いてくるのかもしれません。頭頸部がんの手術をこれから受けようとする方にはもちろん手に取っていただきたいですが、がん種を問わず、またがん経験の有無を問わず、多くのみなさんに届いてほしいです。

里恵子さんにとって短歌づくりは「言葉にして自分の気持ちを対象化することで、自らを支えている」ものだそうです。がんが見つかり大きく変わった「その後」には様々な山あり谷あり混沌があります。つらい時もいやな時も、その時々の率直な気持ちが短歌に詠われています。でもそれだけじゃない。改めて深く感じる感謝や喜びが込められた短歌もあります。へこんでも、どこかに心の置き所を見つけられるしなやかさ、試練を通して気づくこと、怒涛の中で見つけたこと、そのチカラを読み手の私たちにも届けてくれます。疲れてしまうときもある、なかなか谷から抜け出せないようなときでもその足元に支えはある、心の置き所はちゃんと見つかる、粛々とエネルギーを蓄えて次の一歩を踏み出せる、と。

里恵子さんの短歌が温かさとともに伝えてくれるチカラ、それが読み手のあなたの心の蓄えとなりますように。

栗原　幸江（マギーズ東京・心理士）

あとがきにかえて

❖マギーズ東京のこと

マギーズ東京との出会いは、私のがんとともにある日々の中でも本当に良かったことの一つです。

マギーズ東京の存在は仕事柄以前から知っていましたが、最初に訪れたのは、2018年8月にがん研有明病院を退院し外来に通い始めた頃でした。まだ豊洲市場も開場していないゆりかもめの市場前駅はがらんとしていました。駅からマギーズ東京までが、退院したばかりの私には遠かったのを覚えています。

マギーズでゆっくりと話を聴いていただいた時に、初めてがんになって自分がどんな思いでいるのかを話すことができました。がんになってから、自分のがんについて話す機会は数多くありました。治療方針について、職場への説明、家族へ伝える、友人に伝える、入院先の医療者と話し合う、しかし、がんになった自分の気持ちを話すことはほとんどありませんでした。

マギーズで話を聴いていただく中で、いつの間にか泣きながら自分の思いを話すことができました。それは得難い経験でした。我慢していることにも気づかなかった悲しみとかつらさとか痛みや不安が解き放たれて、言葉として出すことができた気がします。

その後の通院と復職と回復の過程の中で、マギーズ東京がそこにあってくれたこと、マギーズ東京の方々が共にいてくださったことが私の苦しい時期を支えてくれました。

復職してから、身体も頭もまったく思うように動かないことを知りました。倦怠感で身体は重くて動かせず途方に暮れながら忙しい毎日に戻り、仕事の中でできないことが多く、特に管理面では職場で責められることも多く、できないことの情けなさに家や道端などで泣きながら働いた秋から春の半年でした。身体も気持ちも混乱していました。外からはわかりませんが、大きな病気をして大きな手術をするというのは、そういうことなのだと今は思います。

様々なことができない自分を責めながら日々働いていましたが、マギーズで話を聴いてもらう中で、少しずつ力が戻ってきたように思います。自己評価が下がり続ける毎日の中でも、マギーズではきちんと「私」個人とむきあって話を聴いてくれる。そのことが自分自身の尊厳を思い出させてくれて、力となってくれました。一番つらかった時も、マギーズに行けば話を聴いてもらえる、と思うことが私を支えました。

そして思いを言葉にする、聴いてもらう、ということの意義深さをあらためて知ることができたのです。

それでも仕事をしていることは希望につながる時間でした。ソーシャルワーカーという仕事の中で出会う人々と過ごす時間は豊かなものがあり、仕事自体にはげまされる日々でした。共に働くソーシャルワーカーや看護師やDrやリハビリテーションのスタッフ、薬剤師、栄養士、事務という同じ病院のスタッフや他の組織のソーシャルワーカーの仲間にも支えてもらいました。

また、がんの告知以降の日々の思いを書き綴った「短歌」をマギーズに持参したところ、スタッフの皆さんが熱心に読んでくださり、ＰＣのプリンタで印刷しただけだったものをボランティアで書家の武田夏実さんが縦書きに打ち直して表紙をつけて製本までしてくださいました。皆さんが本当に大切に短歌を読んでくださったことに、とても励まされました。その経験がなかったら、今回の自費出版をしよう、という思いも出てこなかったと思います。

❖頭頸部がん患者と家族の会　Nicotto（ニコット）のこと

２０１８年に手術をしてからしばらくずっと体調は良くなく、毎日倦怠感の只中で暮らしていて、家と職場との往復、そして通院が精いっぱいな生活を１年くらい続けていました。休みの日に少し出かけられるようになったのは２０１９年６月以降。７月に初めて「頭頸部がん患者と家族の会　Nicotto ニコット」のお茶会に行きました。コロナの感染拡大の前ですから、対面で行われていました。

患者会の皆さんはそれぞれ自分のがんと向き合って、これまでつらい経験もされてきただろうけれど、明るさや強さがあり魅力的な方々でした。がんとの向き合い方を学ばせてもらうこともできました。患者会の良いところは、「頭頸部」という部位にできるがんについての共通の苦労や不便さがあり、互いに共感しあえること。食べる時の不都合や口腔ケアの煩わしさを多くを話さずともわかってくれるのです。頭頸部がんの患者会があって、本当にありがたく、そんな患者会と出会えて良かったと思います。

患者会の福智ムーラン会長のよく話される「がんになったからこそ出会えた私たち」という言葉を胸に患者会に参加しています。

❖「寛解」を迎えて

2023年7月、術後5年を迎えました。一応「寛解」です。主治医からは口腔内のがんの人は第二、第三のがんができやすいけれども、顎のがんで命が短くなることはないでしょう、と言って貰っています。

この本には術後3年までの短歌を載せています。2022年3月で職場の病院を退職し、その後は非常勤で社会福祉関連の仕事をする中で日々の生活を楽しんでいます。痛みのないこと、身体の安らかなことを喜び、がんと知った時に自分にあると思ったような大切なことたち、毎日の陽の光や風が吹くことを感じることやご飯や友人との語らいや好きな歌を歌うことを大切に過ごしています。

がんを経験する中でのたくさんの人々との貴重な出会いは、私の人生における宝物となりました。そのご縁を大切にし、そしてがんを経験する方々の何らかの役に立つことができたらと考えています。

私は自分がつらい時に、そのつらい思いを言葉にすることでそこを越えてこられました。私の言葉が、つらい時間を過ごしている人のかたわらでともにあることができますように。

❖

がんの闘病の前後を通じて、たくさんの方に支えていただきました。また、この本を出版するにあたり多くの方にご支援をいただきました。

がんがわかった時から、外来通院時、入院した時、退院後も近くで支えてくれたソーシャルワーカーの小俣智子さん、遠藤小百合さん、左右田克江さん、ありがとうございました。

横浜市大の友人たち、明理会中央総合病院のみなさん、横浜新都市脳神経外科病院で共に働いたＭＳＷのみなさん、勤務していたＩＭＳグループのソーシャルワーカーのみなさん、ＮＧＯの友人、小松川高校の友人、私の家族、支えてくれてありがとうございました。

がんにとまどう中で、適切な治療と療養環境を整えてくださった主治医の佐々木徹先生、入院・外来の看護師さんとコメディカルのみなさん、そして退院後の一番苦しい時期を話を聴いてくださり支えてくださった、マギーズ東京のみなさん、深く感謝しています。センター長秋山正子さん、心理士の栗原幸江さん、ＣＳＳ（キャンサーサポートスペシャリスト）のみなさん、武田夏実さんをはじめとするmeet & greetのボランティアのみなさん、本当にありがとうございました。マギーズで出会った、ともにがんという病気を歩んできた方々にも心から感謝をしています。

あとがきにかえて

この本の表紙にご自身が撮影なさったマギーズの素敵な写真を使う許可をくださった河野順さん、御礼申し上げます。

頭頸部がん患者と家族の会 Nicotto のみなさん、患者会と出会えて良かったという気持ちで一杯です。感謝しています。

この本の出版を実現していくにあたり、常に貴重な助言をくださった友人の坂本純子さん、ありがとうございます。そして、考えていたよりもずっと長くかかってしまった本を作る作業の期間、伴走してくださった株式会社シーズ・プランニング社長の長谷川一英さん、ありがとうございます。

みなさまに心からお礼申し上げます。ありがとうございました。

二〇二五年四月

田中　里恵子

●著者プロフィール

田中里恵子（たなか　りえこ）

社会福祉士、医療ソーシャルワーカー。国際協力 NGO にて滞日外国人の相談業務にたずさわり、その後地域の急性期病院の医療福祉相談室に勤務。在職中の 2018 年に頭頸部がんに罹患。
2022 年 3 月に定年退職し、現在は社会福祉関係の非常勤の仕事と頭頸部がん患者と家族の会 Nicotto の事務局スタッフをしている。

がんのある日々

2025 年 4 月 20 日　第 1 刷発行

著　者　田中里恵子

発行者　長谷川一英

発行所　株式会社シーズ・プランニング
〒 101-0065 東京都千代田区西神田 2-3-5 千栄ビル 2F
TEL. 03-6380-8260

発　売　株式会社星雲社（共同出版社・流通責任出版社）
〒 112-0005 東京都文京区水道 1-3-30
TEL. 03-3868-3275

ISBN 978-4-434-35784-8　　Printed in Japan